SI J'AVAIS UN STÉGOSAURE...

Ruth Symons et Aleksei Bitskoff

Texte français de Josée Leduc

Éditions
SCHOLASTIC

Le stégosaure était un dinosaure herbivore géant qui avait des

Catalogage avant publication de Bibliothèque et Archives Canada
Symons, Ruth
[There's a stegosaurus on the stairs. Français]
        Si j'avais un stégosaure... / auteure, Ruth Symons ;
illustrateur, Aleksei Bitskoff ; traductrice, Josée Leduc.
(Si j'avais)
Traduction de : There's a stegosaurus on the stairs.
ISBN 978-1-4431-3236-7 (broché)
        1. Stegosaurus--Ouvrages pour la jeunesse. I. Bitskoff, Aleksei,
illustrateur II. Titre. III. Titre : There's a stegosaurus on the stairs.
Français.
QE862.S3S9514 2014   j567.915'3   C2013-904251-2

Conception graphique : Duck Egg Blue
Expert en dinosaures : Chris Jarvis

Version anglaise publiée initialement au Royaume-Uni en 2013
par QED Publishing.
Copyright © QED Publishing, 2013.
Copyright © Éditions Scholastic, 2013, pour le texte français.

Édition publiée par les Éditions Scholastic,
604, rue King Ouest, Toronto (Ontario) M5V 1E1
avec la permission de QED Publishing.

5 4 3 2 1   Imprimé en Chine CP141   13 14 15 16 17

plaques osseuses sur le dos!

Il vivait sur Terre il y a environ **150 millions** d'années, bien avant l'apparition des premiers humains.

Mais imagine qu'un stégosaure revienne aujourd'hui! Comment se débrouillerait-il?

Et si le stégosaure allait au terrain de jeu?

Le stégosaure aurait besoin d'un ami énorme pour s'amuser sur la balançoire à bascule. Il pesait environ 5 tonnes, soit autant qu'un éléphant!

Et si le stégosaure allait à l'école?

Il aurait du mal à suivre.
Son cerveau était de la taille
d'une mandarine!

Et si le stégosaure faisait une sortie scolaire?

Le stégosaure resterait **toujours** avec son groupe. Les familles de stégosaures vivaient en troupeau, ce qui les protégeait des prédateurs.

Alors, le stégosaure sait qu'il n'est **pas prudent** de s'éloigner du groupe.

BITSKOFF

Et si le stégosaure allait se promener?

Il serait trop gros pour marcher sur le trottoir. Avec ses 9 mètres de long et ses 2 mètres de large, il était aussi gros...

qu'un autobus!

S'il marchait dans la rue, il causerait des embouteillages. Le stégosaure n'avançait qu'à 8 ou 9 kilomètres à l'heure, ce qui n'est pas beaucoup plus vite que toi.

Et si le stégosaure était invité à une fête?

Il pourrait utiliser les piquants de sa queue pour percer la *piñata* et avoir toutes les friandises!

Le stégosaure avait 4 grands

piquants

sur la queue. Chacun était aussi long que ton bras.

Quand il se mettrait à danser, la gelée aux fruits tremblerait.

Le stégosaure pèserait
plus que tous
les invités réunis!

Que donnerait le stégosaure à sa maman pour la fête des Mères?

Le stégosaure couperait un beau bouquet de fleurs avec

son bec acéré.

Son bec était

parfait

pour couper les
tiges des plantes et...

les grignoter!

Et si le stégosaure s'asseyait sur un coussin péteur?

Pfffffffffffffffffffffft!

Il serait tellement gêné qu'il rougirait... mais ça ne se verrait pas sur son visage!

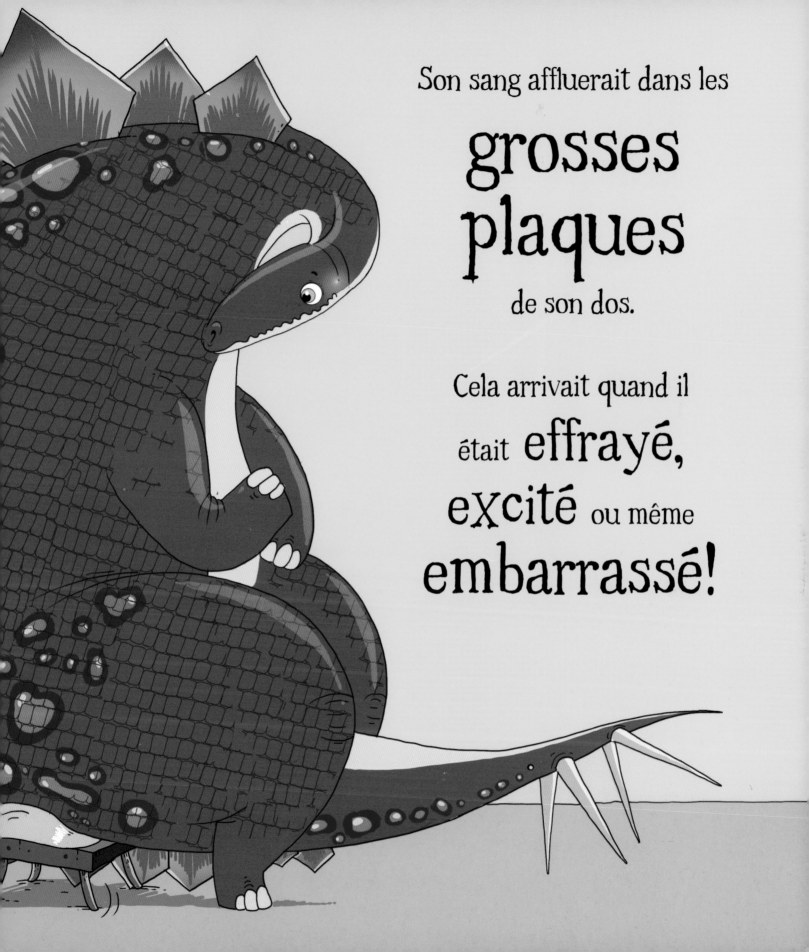

Son sang affluerait dans les **grosses plaques** de son dos.

Cela arrivait quand il était **effrayé**, **excité** ou même **embarrassé!**

Et si le stégosaure allait au supermarché?

Il sentirait tous les fruits les plus savoureux et les plus frais.

Et que ferait le stégosaure s'il avait sommeil?

Le stégosaure s'endormirait probablement couché sur le côté, enroulé sur lui-même, comme les éléphants et d'autres gros animaux d'aujourd'hui.

Il pourrait aussi dormir sur ses quatre pattes, comme le font encore les rhinocéros, les chevaux et d'autres animaux.

Le squelette du stégosaure

Tout ce que nous savons sur le stégosaure provient des fossiles, c'est-à-dire des squelettes enfouis dans le sol depuis des milliers d'années.

Les scientifiques examinent les fossiles pour découvrir comment les dinosaures vivaient.

Alors nous savons beaucoup de choses sur les dinosaures, même si nous n'en avons jamais vu!

RAYONS X 11932897378943-26

MODÈLE Nº : nx110005468 19531876431

piquants
de la
queue

longue
queue longue
patte
arrièr

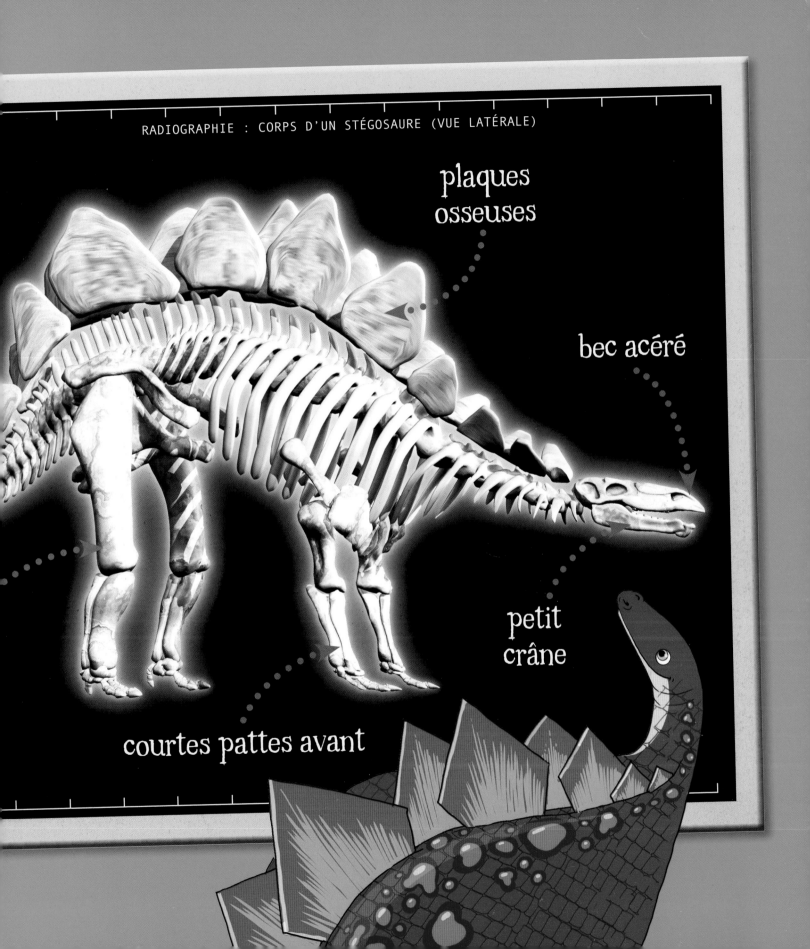

RADIOGRAPHIE : CORPS D'UN STÉGOSAURE (VUE LATÉRALE)

plaques
osseuses

bec acéré

petit
crâne

courtes pattes avant

COLORADO, É.-U.

Découverte du squelette le plus complet, surnommé « Spike » – 1992

AUSTRALIE

Découverte d'empreintes de pieds fossilisées – 1995

WYOMING, É.-U.

Découverte d'une plaque osseuse – 1879

PORTUGAL

Découverte d'un squelette partiel – 2006

UTAH, É.-U.

Découverte de restes fossiles – 2010

COLORADO, É.-U.

Premier squelette trouvé – 1876

PASSEPORT

Stégosaure

SIGNIFICATION DU NOM
« REPTILE À TOIT »
AUTREFOIS, LES SCIENTIFIQUES CROYAIENT QUE LES PLAQUES DE SON DOS REPOSAIENT À PLAT COMME DES TUILES SUR UN TOIT.

POIDS 5 TONNES

LONGUEUR 9 MÈTRES

HAUTEUR 3 MÈTRES

HABITAT FÔRETS, BOISÉS

ALIMENTATION FOUGÈRES, FEUILLES, AIGUILLES DE PIN

S<STEG<<STÉGOSAURE<<<<<<<<<<<<<<34263954302375<<<<<<<<<<4827352629 1083546>>>>>>>>>